날마다 눈부신 나의 인생

날마다 눈부신 나의 인생

초판 1쇄 발행 2017년 6월 12일
초판 2쇄 발행 2017년 8월 12일

지은이 김달국
발행인 송현옥
편집인 옥기종
펴낸곳 도서출판 더블:엔
출판등록 2011년 3월 16일 제2011-000014호

주소 서울시 강서구 마곡서1로 132, 301-901
전화 070_4306_9802
팩스 0505_137_7474
이메일 double_en@naver.com

표지종이 랑데뷰 울트라화이트 210g
본문종이 그린라이트 100g

ISBN 978-89-98294-33-5 (03810)

※ 이 도서의 국립중앙도서관 출판시도서목록(CIP)은 서지정보유통지원시스템 홈페이지(http://seoji.nl.go.kr)와 국가자료공동목록시스템(http://www.nl.go.kr/kolisnet)에서 이용하실 수 있습니다.
(CIP제어번호: CIP2017010471)

※ 잘못된 책은 바꾸어 드립니다.

※ 책값은 뒤표지에 있습니다.

도서출판 더블:엔은 독자 여러분의 원고 투고를 환영합니다. '열정과 즐거움이 넘치는 책' 으로 엮고자 하는 아이디어 또는 원고가 있으신 분은 이메일 double_en@naver.com으로 출간의도와 원고 일부, 연락처 등을 보내주세요. 즐거운 마음으로 기다리고 있겠습니다.

날마다 눈부신 나의 인생

김달국 쓰고
이정길 찍음

일상을 황홀하게 살아가기 위한 168편의 잠언시

더블:엔

머리말

우리는 아름답고 행복한 일상을 꿈꾸지만 일상은 대부분 시시하고 종종 재미없고 때로 힘들게 느껴진다. 내일은 오늘보다 더 나아지길 기대하지만 그날이 와도 특별한 것은 없다. 어제와 같은 일의 연속이고 특별한 일이 없는 한 내일도 오늘과 같을 거라는 걸 알며 또 살아간다. 우리의 인생을 비 온 뒤의 무지개는 아니더라도 맑게 갠 날처럼 눈부시게 살아갈 수는 없을까, 생각을 하며 많은 시간을 보냈다. 그런 시간 속에서 나를 찾아가고 세상과 친해지는 방법을 조금씩 알게 되었다.

눈부신 인생을 살아가기 위해서는 일상이 황홀해야 한다. 일상이 모여 인생이 되기 때문이다. 여기서는 일상을 황홀하게 살아가기 위한 방안으로 168편의 잠언시를 3가지로 분류하였다. 삶이 그렇듯이 경계가 모호한 것도 있다.

황홀한 일상을 살기 위해서는 먼저 '삶의 지혜' 가 필요하다. 학교에서 배우는 지식만으로는 부족하다. 그 부족한 것을 삶의 지혜로 채워야 한다. 지식이 부족해서 불행한 삶을 살지는 않는다. 다만 약간 적은 수입으로 살아가면 그만이지만 지혜가 부족하면 삶 전체가 삐걱거리거나 수렁에 빠질 수도 있다. 지식은 외부에서 얻을 수 있지만 지혜는 학습으로 되는 게 아니라 경험과 자기성찰이 어우러져 내면에서 우러나오는 것이다.

그 다음에는 '자기성장'이 있어야 한다. 성장은 자신을 알고 세상을 보는 눈을 키워 자신을 다스리고 세상을 살아가는 역량을 높이는 것이다. 진정한 행복은 나의 삶이 점점 더 아름답게 변하고 있다는 것을 느낄 때 온다. 성장하는 삶은 어느 노래가사처럼 늙어가는 것이 아니라 익어가는 것이다. 세상이 변하지 않아도 세상이 아름답게 보이고, 내가 즐겁고 행복한 것은 성장을 통하여 세상을 살아가는 역량이 커졌기 때문이다.

마지막으로 '웃음과 사랑'이다. 행복한 삶은 많이 웃고 서로 사랑하며 살아가는 것이다. 무엇보다 자신에 대해 웃을 수 있고 자신을 사랑할 수 있어야 한다. 그런 힘이 있어야 타인에게 너그러울 수 있고 타인을 사랑할 수도 있다. 사랑하는 사람의 말은 노래가 되고 시가 된다. 행복한 사람의 몸은 춤이 된다. 많이 웃고 사랑하고 춤추는 일상은 눈부시고 황홀한 삶이 된다. 독자 여러분들의 일상이 눈부시기를 기원한다.

2017. 5.
포항에서 김달국

차 … 례 …

머리말 • 4

 1 삶의 지혜

나이가 든다는 것은 • 14
삶은 바로 지금 여기 • 16
촌철살인 • 17
돌아온 길 • 18
최고의 소통 • 20
세상사 • 21
순간의 삶 • 22
암자 앞에서 • 24
억지로 하면 • 26
말실수 • 27
날마다 눈부시다 • 28
관점의 차이 • 30
감정 다루기 • 31
쾌락 • 32
이제는 알았다 • 34
그것도 모르고 • 35

산다는 것은 • 36
세상을 바꾸려고 하지 마세요 • 38
내 탓이오 • 40
오아시스를 꿈꾸지만 • 42
삶이 힘들어도 • 44
죽음명상 • 45
새벽길 • 46
후회 • 47
스스로 만든 그림자 • 48
모든 것이 꿈이다 • 50
삶과 죽음 • 51
개똥철학 • 52
몰입과 행복 • 54
교만 • 56
욕망 • 57
신의 숙제 • 58
화 • 60
그때부터 시작되더라 • 61
벗어나야 보인다 • 62
가장 무서운 적 • 63
깊은 동굴 • 64
우리를 힘들게 하는 것 • 66
그렇게 바쁜가 • 67
살자 바로 지금 • 68
티벳에 갔다 온 후 • 70
아는 사람은 함부로 말하지 않는다 • 72
그런 줄 알았다면 • 73
윤회 • 74

반면교사 • 75
우리는 무슨 생각으로 사는가 • 76
새벽에 홀로 깨어 • 78
같은 소리를 듣고 • 79
그 때문이다 • 80
자발적 빈곤 • 81
삶에 대한 착각 • 82
어떻게 볼 것인가 • 83
마당에 핀 꽃 • 84
탓할 수 없는 사람 • 85
인생 • 86
하수와 고수의 차이 • 88
삶을 깊게 만드는 것 • 90

2 자기성장

어른과 아이 • 94
책 속의 행복 • 96
방황 • 97
오늘을 노래하자 • 98
늙은 호박 • 100
흔들리는 마음 • 101
비가 와서 좋은 날 • 102
고독 • 104
그 사람을 알고 싶으면 • 106
과거에 머무는 사람 • 107

이상과 현실 • 108
문제는 자신이야 • 109
연탄구멍 • 110
다른 사람이 되었다 • 111
계속 해야 하나 • 112
그런 사람 어디 없나요 • 114
꿈을 가진다는 것 • 115
꿈 • 116
꿈을 꾼다는 것 • 118
사나이의 길 • 120
단풍 • 121
백세인생 • 122
가을 나비 • 124
나도 너처럼 살고 싶다 • 125
늙어간다는 것 • 126
큰 것은 없다 • 127
세 번의 기도 • 128
나에게 묻는다 • 129
책을 펼치면 • 130
내 사는 동안 • 132
허와 실 • 134
큰 사람 • 135
잘 산다는 것 • 136
끝까지 버텨라 • 137
결정적인 순간 • 140
어린 시절 • 142
나무 • 143
소수의 길 • 144

잘 버리기 • 145
나를 찾는 숨바꼭질 • 147
세상과 나 • 148
작심삼일 • 149
모두가 희망이다 • 150
당신에게 그런 것이 있는가 • 151
용서 • 152
춤추는 별 • 154
사람 다루기 • 155
내가 먼저 • 156
자신에게 하는 질문 • 158
아침을 여는 가족 • 160
당신의 가치 • 161
네 가지 질문 • 162
나 • 164
일주일이면 • 166

3 웃음과 사랑

미인 알레르기 • 170
미팅 때문에 • 172
아들에게 • 173
애인이 뭐지 • 174
요즘 아이들 • 176
개소리 • 177
소주는 언제 마시나 • 178
수박 세 조각 • 179

아내가 바람을 피웠다 • 180
유머란 • 181
왜 웃지 않는가 • 182
줄넘기 • 184
스케이트 • 185
글자 한 자 때문에 • 186
막춤의 비결 • 187
아내의 생일선물 • 188
애인과 마누라 • 189
아직도 꾸는 꿈 • 190
동지팥죽 • 192
공감한다는 것 • 194
어렸을 때 엄마는 • 196
엄마의 신발 • 198
인생은 커피 한 잔 • 199
아름다운 이유 • 200
삶의 경계 • 202
생일 • 204
사랑의 전화 • 205
아버지 • 206
엄마 사랑해 • 208
엄마 • 209
마음을 읽어주는 사람 • 210
문득 떠오르는 생각 • 211
잘 말하는 사람 • 212
두 사람 • 214
부부 • 216
부부의 추억 • 218
더 사랑받는 사람 • 219

불행한 가정 행복한 가정 • 220
아내 • 221
미꾸라지 • 222
벚나무 베던 날 • 223
같이 먹는다는 것 • 224
중년의 일탈 • 226
까치밥 • 228
사랑은 믿는 것 • 229
양날의 칼 • 230
질투 • 231
촛불 켜는 마음 • 232
진실 • 234
당신의 이야기를 들려주세요 • 236
숫자 놀음 • 238
가족 • 240
사랑의 순서 • 242
우정에 대한 의문 • 244
쉬운 건 사랑이 아니다 • 245
만들어가는 사랑 • 246
웃을 수 있어서 행복하다 • 248

1

삶의 지혜

날마다 눈부신
나의 인생

나이가 든다는 것은

나이가 든다는 것은
잃는 게 있으면 얻는 것도 있다는 걸 아는 것이다
젊음을 잃고 경험을 얻고
열정을 잃고 지혜를 얻는 것이다

나이가 든다는 것은
죽음과 가까워진다는 것을 의미한다
죽는 것이 남의 일인 줄 알았는데
바로 나의 일이라는 것을 아는 것이다

나이가 든다는 것은
인생이 덧없다는 것을 아는 것이다
인생은 한번 뿐이니
많이 웃고 사랑하다 후회 없이 가는 것임을 아는 것이다

나이가 들면서

잃는 것만 있고 얻는 것이 없다면

사는 것만 생각하고 죽는 것은 생각하지 않는다면

웃고 사랑하지 않는다면

잘못 살아가는 것이다

삶은 바로 지금 여기

천국이 어디 있나 찾아보니

여기가 바로 천국이네

언제 한번 행복하게 살아보나 했는데

바로 지금이 그때이네

천국은 바로 여기

행복은 바로 지금

삶은 바로 지금 여기

촌철살인

총을 잘 쏘는 사람은 총알을 아끼고
말을 잘 하는 사람은 말을 아낀다
여인의 치마도 짧아야 봐주는 사람이 많고
사람의 말도 짧아야 들어주는 사람이 많다
여러 첩 먹어야 한다면 잘 듣는 약이 아니고
여러 번 말해야 한다면 말 잘하는 사람이 아니다

돌아온 길

행복은 여기에 있는데
멀리서 찾았구나
내 집에 천사가 있는데
다른 집을 기웃거렸구나
내 안에 부처가 있는데
절집에서 찾았구나
진리는 단순한데
너무 어렵게 생각했구나
초등 동기와 결혼을 했는데
너무 어렵게 사랑을 했구나
내가 서 있는 곳이 길인데
내가 너무 멀리 돌아왔구나
멀리 돌아와 보니
길이 바로 여기에 있었네

최고의 소통

우리는 타인과 나에게 다른 잣대를 들이댄다
대부분의 문제는 여기에서 시작된다
타인의 나이는 의미 있는 숫자이고
내 나이는 숫자일 뿐이다
타인의 실수는 조심성이 없는 것이며
내 실수는 인간적인 것이다
타인의 질투는 위험한 열정이고
나의 질투는 열정의 증거다
타인의 성공은 운이 좋은 것이고
나의 성공은 노력의 결과다
최고의 소통은 타인과 나에게
같은 잣대를 갖다 대는 것이다

세상사

누군가에게 일어날 수 있는 일은
나에게도 일어날 수 있다
언젠가 일어날 수 있는 일은
당장이라도 일어날 수 있다
지금 고통이 없다면 행복한 것이고
지금 고통이 있다면 그 의미를 생각할 때이다
지금 나에게 일어난 일은
언젠가 일어날 일이 지금 일어난 것이고
다른 사람에게 일어나는 일이
나에게도 일어난 것뿐이다

순간의 삶

꽃이 피는 것도 순간이고
꽃이 지는 것도 순간이다
사랑하는 것도 순간이고
이별하는 것도 순간이다
기쁨도 순간이고
고통도 순간이며
사는 것도 순간이고
죽는 것도 순간이다
사는 것은 느끼는 것이고
느끼는 것만큼 사는 것이니
이 순간을 잘 느끼며 살아가자

암자 앞에서

암자에서 들리는 염불소리
계곡을 흐르는 물소리
무엇이 걱정이고
무엇이 불만인가
염불소리에 걱정이 없어지고
물소리에 불만이 씻어지네
극락이 멀리 있는 것이 아니라
바로 여기가 극락이다

억지로 하면

억지로 이기려고 하면 이길 수 없다
지지 않는 것이 이기는 것이다
억지로 자려고 하면 잘 수 없다
잠에서 벗어나야 잘 수 있다
억지로 참으려고 하면 참기 힘들다
호흡을 깊게 하면 금세 가라앉는다
억지로 가지려고 하면 가질 수 없다
자신을 큰 그릇으로 만들면 저절로 들어온다
억지로 올라가려고 하면 올라갈 수 없다
다른 사람을 먼저 올라가게 하면 밀려서 올라간다

말실수

오랜만에 이종사촌 여동생이 집에 왔다

사는 것이 힘들어 보였다

나는 술을 한잔 권했지만 동생은 사양하였다

대리운전을 불러주겠다고 했지만

난감한 표정으로 거절했다

아차!

나의 실수

차가 없는 것 같았다

우리는 본의 아니게 얼마나 많은 말실수를 하는가

날마다 눈부시다

맑은 날은 좋은 날이고
비 오는 날은 나쁜 날인가
젊음은 좋은 것이고
늙음은 나쁜 것인가
여름은 더워서 싫고
겨울은 추워서 싫은가
좋고 나쁨은 우리의 마음에 있으니
관점을 바꾸면 좋은 것 나쁜 것이 따로 없다
자신의 틀에 끼워 맞추려고 하다 보니
맞지 않을 뿐이다
우리가 사는 날들이 다 좋은 날이다
날마다 눈부시다

관점의 차이

나는 사랑이라 썼는데
상대는 집착이라 읽는다
나는 불가피한 선택이라 생각하는데
상대는 변했다고 생각한다
나는 관심을 보였는데
상대는 간섭으로 받아들인다
같은 세상을 살면서도
사는 것이 즐겁다고 생각하는 사람이 있고
삶을 고해로 생각하는 사람도 있다
대부분 사람들은 살자라고 읽는데
거꾸로 읽는 사람도 있다

감정 다루기

질투는 자신을 지키기 위한 진화의 결과이니
부끄러워할 것은 없지만 절제를 해야 하고
욕망은 자신의 한계를 뛰어넘기 위한 열정이니
숨길 것은 없지만 추구하는 방법이 선해야 한다
인간의 감정은 나름대로 의미가 있으니
좋은 것도 나쁜 것도 아니며
어떻게 다루느냐에 따라 선과 악으로 나누어진다

쾌락

처음에는 설탕도 달다고 하던 사람이
나중에는 꿀을 먹고도 단 줄 모르고
처음에는 나무의자에 앉아서도 행복하던 사람이
나중에는 소파에서도 쿠션을 찾는다
쾌락은 이렇게 쉽게 익숙해지니
스스로 경계할 일이다

이제는 알았다

어렸을 때는
세상이 나를 위해 존재하고
내가 주인공이고 다른 사람은 조연인 줄 알았다
내가 죽으면 세상도 끝나는 줄 알았다

이제는
세상이 나를 위해 잠시 무대를 빌려주었고
모두가 자기 삶의 주인공이라는 것을 알았다
빌린 무대는 언젠가 돌려주고 떠나야 한다는 것을 알았다

그것도 모르고

내 안에 등불이 있는 줄 몰랐어요

그것도 모르고 어둠 속을 해맸어요

내 안에 영웅이 있는 줄 몰랐어요

그것도 모르고 쫄면서 살았어요

내 안에 신이 있는 줄 몰랐어요

그것도 모르고 다른 데서 신을 찾았어요

내 안에 알라딘의 마술램프가 있는 줄 몰랐어요

그것도 모르고 한 번도 문지르지 않았어요

산다는 것은

산다는 것은
말해야 할 때 말하고
침묵을 지켜야 할 때 침묵을 지키는 것
하지만 때로는 하고 싶은 말도 차마 못하고
하기 싫은 말도 해야 될 때가 있다는 것을 아는 것이다

산다는 것은
사랑해야 할 사람을 사랑하고
사랑해서는 안 될 사람과 거리를 유지하는 것
하지만 때로는 사랑하는 사람에게 상처를 주기도 하고
사랑해서는 안 될 사람에게 마음을 주기도 한다는 것을 아는
것이다

산다는 것은

기쁠 때 춤을 추고

아플 때 눈물을 흘리는 것

하지만 때로는 내가 기뻐할 때

눈물을 흘리는 사람도 있다는 것을 알고

아플 때도 웃음을 보여야 할 때도 있다는 것을 아는 것이다

세상을 바꾸려고
하지 마세요

세상을 바꾸려고 하지 마세요
당신이 비와 바람을 그치게 할 수 없잖아요
당신이 해야 할 일은 우산과 따뜻한 옷을 준비하는 것입니다

상대를 바꾸려고 하지 마세요
상대는 그 사람의 나이만큼이나 굳어있는 화석과 같아요
상대에 대한 당신의 태도가 바뀌면 상대는 저절로 바뀝니다

세상과 사람들을 바꾸려는 노력을 자신에게 돌려보세요
그렇게 하면 조만간 멋진 일이 일어날 겁니다
세상과 사람들이 온통 아름답게 변하는 기적이 일어납니다

내 탓이오

바람이 강하게 불면 촛불은 꺼지지만
횃불은 꺼지지 않는다
몸이 약한 사람은 스쳐가는 바람에도 감기에 걸리지만
몸이 튼튼한 사람은 찬바람이 불어도 끄떡없다
수영을 못 하는 사람은 얕은 물도 겁나지만
수영을 잘 하는 사람은 깊은 물도 겁나지 않는다
자존감이 약한 사람은 원인을 남 탓으로 돌리지만
자존감이 강한 사람은 원인을 내 탓으로 돌린다
인생은 다른 사람들이 나를 힘들게 하는 것보다
스스로 자신을 힘들게 하는 것이 더 많다

오아시스를 꿈꾸지만

우리가 멋진 오아시스를 꿈꾸지만
현실은 연못 하나가 전부일 수도 있다
입학, 졸업, 사랑, 결혼, 취업, 승진, 부와 행복
이런 것들이 삶의 오아시스다
삶의 오아시스는 멀리서 볼 때는 아름답지만
가까이 가서 보면 실망할 때가 더 많다
여행자에게는 오아시스가 주는 즐거움보다
오아시스의 존재가 더 큰 위로가 된다

삶이 힘들어도

잠은 짧은 죽음이며
즐겁게 맞이하는 죽음이다
짧은 죽음이 없는 불면의 밤이
우리를 얼마나 힘들게 하는가

죽음은 긴 잠이며
누구나 피하고 싶은 것이다
그러나 영원히 긴 잠을 잘 수 없는 삶이라면
그것이 우리를 얼마나 힘들게 할 것인가

죽음명상

언젠가 나에게 갑자기 죽음이 닥친다면
놀랄 것이기에 미리 생각을 해본다
그때 나는 어떤 마음일까
무엇이 먼 길 떠나는 앞을 막을까
가진 것을 다 놓고 빈손으로 가는 것이 아까운가
사랑하는 사람과 헤어지는 것이 가슴 아픈가
미지의 세계로 들어가는 것이 두려운가
죽음은 내가 없었던 처음으로 다시 돌아가는 것일 뿐이다
어머니의 뱃속에서 나올 때 울면서 나온 것처럼
모르는 세계로 울면서 들어가는 것뿐이다

새벽길

찬 공기를 마시며 새벽길을 달린다
대숲에서 푸드득 소리를 내며
새 한 마리가 날아가더니
깃털 하나가 공중에서 동심원을 그리며 내려온다
그 새는 무엇에 놀랐을까
혹시 내 발자국 소리에 놀란 것은 아닐까
나도 새들에게 위험인물이 되었구나
나도 누군가를 놀라게 할 수도 있겠구나

후회

과거에 잘못한 것을 지금 알았다
그래서 나는 지금 괴로워하고 있다
그때 몰랐던 것을 이제야 알았으니
웃어야 하는 것을 괴로워하는 것은 아닌가
잃어버린 물건을 찾으면 웃는 사람이
잃어버린 마음을 찾았는데 왜 괴로워하는가
큰 후회는 또 다른 후회를 낳으니
후회는 잠깐으로 그치자

스스로 만든 그림자

술을 한잔 마셨다
잔속에 보이는 가늘고 긴 것이
뱀일지도 모른다는 생각이 들었다
그때부터 배가 아팠다
나중에 그것이 착각이었다는 것을 알았다
그때부터 배가 씻은 듯이 나았다
우리는 자신이 만든 그림자에 얼마나 많이 속고 있는가
그렇게 생각하면 그렇게 보이고
그렇게 보이면 마치 사실처럼 느껴지는 것이 우리의 마음인데
생각 하나로 한 사람을 천사로도 만들 수 있고
악마로도 만들 수 있으니
스스로 만드는 생각을 경계하자

모든 것이 꿈이다

내가 지금 정말 살고 있는 건지
꿈을 꾸면서 꿈인 줄 모르고 있는 건지 모르겠다
꿈에서도 꿈이라고 생각하지 않다가
깨고 나서 꿈인 줄 아는 것처럼
지금도 꿈을 꾸고 있는 건 아닌지 모르겠다
어쩌면 모든 것이 꿈일지도 모른다
역사는 수천 년의 꿈
인생은 백 년도 안 되는 꿈

삶과 죽음

삶이 무엇인가
죽음이 무엇인가
그런 것 묻지 마라
살아본 삶도 모르는데
죽어보지도 않은 죽음을 어떻게 알겠는가
삶과 죽음이 신의 조화라면
죽음이 그렇게 나쁘지는 않을 것이다
삶을 그렇게 멋지게 만든 신이
죽음을 그렇게 볼품없이 만들 리가 없다

개똥철학

개똥철학을 우습게 보지 마라
심오한 철학을 몰라서 불행한 사람보다
개똥철학을 몰라서 불행한 사람들이 더 많다
실천하지 못하는 심오한 철학보다
실천하는 개똥철학이 더 낫다
개똥철학은 말하는 것이 아니다
개똥철학은 말하면 개똥이 되지만
말하지 않고 실천하면 황금이 된다

몰입과 행복

잠에 집착하면 잠은 더 멀어지고
마음을 집중하려면 마음이 더 흩어지고
건강에 집착하면 그것이 오히려 병이 된다
인정받으려는 마음이 강하면 그 마음 때문에 오히려 배척을 받는다
행복에 집착하면 오히려 행복과는 멀어지고
현재에 몰입하다 보면 행복이 내 곁으로 조용히 다가온다

교만

내가 말을 하지 않아도
사람들이 나의 마음을 알아주고
내가 하는 말을 잘 들어주고
내가 부탁하는 것을 거절하지 않으며
나의 잘못을 눈감아 주기를 바란다면
당신이 교만한 사람이다
당신은 언제 누구에게 그렇게 해보았나
당신이 할 수 없는 것을 바라는 것이 교만이다

욕망

욕망을 누르려고 할 때는 두더지처럼 올라오더니
가만히 보고 있으니 내려간다
욕망은 내 마음 속의 나비다
잡으려고 하면 날아가고
보고 있으면 살짝 내려앉는다
욕망은 눌러서 다스리는 것이 아니라
알아주고 달래주는 것이다
상대에게 이기려는 욕망이 강할 때
나는 상대를 이긴 적이 없었다
상대에게 인정받으려는 욕망이 강할 때
나를 인정해주는 사람이 아무도 없었다
이기려는 나의 욕망을 버렸을 때
나는 이긴 사람이 되어 있었고
인정받으려는 마음을 버렸을 때
나는 인정받는 사람이 되어 있었다

신의 숙제

한 송이 꽃도 이 세상을 아름답게 하고
한 그루의 나무도 이 세상을 푸르게 하며
한 송이 눈도 이 세상을 하얗게 만드는데
너는 무엇으로 이 세상을 아름답게 만들려고 하는가
이것이 신이 우리에게 낸 숙제다
이것을 풀지 못하고 신에게 돌아가면
신이 어떤 표정을 지을까
그때 나는 또 어떤 표정을 지을까

화

화를 내면 화가 풀리나
화를 내고 나니 화가 더 나더라
참는 것이 힘들어
화를 내고 나니 더 힘들더라
화를 내기 전에는 나 혼자만 다스리면 되었지만
화를 내고 나면 두 사람을 다스려야 되더라
힘들더라도 내 속에 두고 있을 때가 더 낫더라

그때부터 시작되더라

취업하면 고생 끝인 줄 알았는데
고생은 그때부터 시작되더라
돈이 많으면 걱정이 없을 줄 알았는데
더 큰 걱정은 그때부터 시작되더라
사랑하면 외롭지 않을 줄 알았는데
외로움은 그때부터 시작되더라
결혼이 사랑의 완성인 줄 알았는데
사랑의 진실은 그때부터 시작되더라

벗어나야 보인다

산속에 있을 때는 산을 볼 수 없고
꿈속에 있을 때는 꿈꾸고 있다는 것을 알 수 없다
사랑에 빠진 사람은 상대를 모르고
많이 가진 사람은 소유의 가치를 모르고
바쁜 사람은 소중한 것이 무엇인지 모른다
벗어나야 보인다

가장 무서운 적

가장 무서운 적은
힘이 센 사람이 아니다
그것은 눈에 보이지 않는 적이다
가장 무서운 적은
외부의 적이 아니라 내 안에 있는 적이다
독안의 쥐는 잡기 쉬워도
내 안의 적은 잡기 어렵다
내 안의 적을 다루는 최고의 방법은
적을 동지로 만드는 것이다
적을 적으로 대하면 적의 힘이 배가 되고
적을 동지로 만들면 나의 힘이 배가 된다

깊은 동굴

누구나 가지고 있지만 쉽게 갈 수 없는 마음 속 깊은 동굴
그 존재를 알고 자신의 별을 따라간 사람은 영웅이 되었지만
그 길로 가는 길은 멀고도 험하여 많은 사람들이 되돌아왔다
그 길 위에 버티고 있는 자신이라는 괴물을 극복하지 못하였기
때문이다

나는 하루에도 몇 번씩 동굴 속으로 들어간다
그 길로 가는 데는 시간이 오래 걸린다
그 속을 알기 위해서는 오래 기다려야 한다
그 속에서 나오는 소리를 들을 수 있을 때까지 기다려야 한다

신의 목소리는 귀로 들을 수 있는 소리가 아니다
내 안에서 울려나오는 침묵의 소리가 바로 신의 목소리다
신의 목소리를 듣기 위해서는 자신을 오랫동안 응시해야 한다
그것을 알고 나면 그는 어제와 완전히 다른 사람이 된다

無量壽殿

우리를 힘들게 하는 것

우리가 무서워하는 것은
죽는 것이 아니라
죽음에 이르는 과정이다
우리가 힘들어하는 것은
이별하는 것이 아니라
잊혀지는 것이다
우리가 두려워하는 것은
상처를 받는 것이 아니라
상처를 받을 것이라는 마음이다
삶이 괴로운 것은
고통 때문이 아니라
고통에 대한 자신의 해석 때문이다
죽음이 두려운 것은
소멸 때문이 아니라
시시한 삶을 살았기 때문이다

그렇게 바쁜가

에스컬레이터에서 뛰어야 할 정도로 바쁜가
엘리베이터에서 닫힘 버튼을 눌러야 할 정도로 바쁜가
3초를 기다리지 못하고 경적을 울려야 할 정도로 바쁜가
상대의 말이 끝날 때까지 기다리지 못하고 자를 정도로 바쁜가
그렇게 바쁜 사람이 어떻게 드라마를 볼 시간이 있고
아침잠은 왜 그렇게 많은가
바쁜 사람은 생각할 시간이 없고
생각할 시간이 없으니 항상 바쁘게 산다

살자 바로 지금

우리는 여기에 있지만
이곳과 저곳을 기웃거리며 살고 있다
우리는 지금을 살지만
과거와 미래를 반복하며 오고 간다
집에서는 여행을 기다리며
여행을 떠나서는 집을 그리워한다
백수는 취업을 기다리며
직장인은 사표 쓰는 날을 기다린다
아이들은 어른이 되기를 기다리며
노년은 다시 유년시절을 그리워한다
살 때는 죽는 것을 걱정하며
죽을 때는 다시 한 번 더 살고 싶어 한다.
이렇게 백세를 살면 무슨 의미가 있나
한 번도 제대로 살아보지 못하고
기다리고 그리워만 하다 보낸 인생
살자
바로 지금

티벳에 갔다 온 후

더 어두운 곳을 보기 전까지
내가 있는 곳이 가장 어두웠다
더 큰 고통이 오기 전까지
나에게 그것이 가장 큰 고통이었다
더 큰 짐을 지고 가는 사람을 본 순간
나의 짐이 가볍게 느껴졌다
티벳에 갔다 온 후부터
불평도 불만도 다 없어졌다

아는 사람은 함부로 말하지 않는다

행복을 아는 사람은
행복을 함부로 말하지 않고
신을 아는 사람은
신을 함부로 말하지 않는다
행복한 사람은 말이 필요 없고
신은 말할 수 없는 존재다

사랑을 아는 사람은
사랑을 함부로 말하지 않고
여자를 아는 사람은
함부로 여자를 말하지 않는다
사랑 때문에 울어보지 않은 사람이 없고
여자 마음 여자도 모른다

그런 줄 알았다면

사랑이 그런 것인 줄 알았다면
그렇게 애태우지 않았을텐데
나에게 문제가 있는 줄 알았다면
그렇게 화를 내지 않았을텐데
인생이 그렇게 짧은 것인 줄 알았다면
그렇게 시간을 낭비하지 않았을텐데
죽음이 이렇게 가까이 있는 줄 알았다면
더 많이 웃고 사랑하며 살았을텐데

윤회

좋은 감독이라면 선수를 한 번만 경기장에 내보낼 리가 없다
훌륭한 연출가라면 배우를 한 번만 무대에 세울 리가 없다
전지전능한 신이 인간을 한 번만 세상에 보낼 리가 없다
옷만 갈아입히면 되는데 다시 만들 필요가 없을 것이다

반면교사

지혜로운 사람과 어리석은 사람이 같이 있으면
누가 공부를 더 많이 할까
지혜로운 사람이다
어리석은 사람이 지혜로운 사람에게 배우는 것보다
지혜로운 사람이 어리석은 사람을 통해 배우는 것이 더 많기
때문이다

깨끗한 사람과 더러운 사람이 같이 있으면
누가 먼저 씻을까
깨끗한 사람이다
더러운 사람은 상대를 보고 자신도 깨끗하다고 생각하지만
깨끗한 사람은 상대를 보고 자신이 더러워질 수도 있다고 생각
하기 때문이다

우리는 무슨 생각으로 사는가

지금 이 순간이 완벽한 시간이다
그런데 우리는 더 완벽한 순간을 기다리며 이 순간을 놓친다
지금 여기가 완벽한 곳이다
그런데 우리는 더 완벽한 곳을 찾느라 이 곳을 보지 못한다
지금 내 앞에 있는 이 사람이 유일한 사람이다
그런데 우리의 눈은 다른 사람을 향하고 있다
우리는 무슨 생각으로 사는가
지금
여기
이 사람을
다 놓치고

PAX
06.

새벽에 홀로 깨어

아직 세상은 깜깜하고 고요하다
새들도 아직 깨지 않았다
저절로 돌아가는 보일러 소리가 적막을 깨운다
옆집 닭이 먼저 깨어났다
하루를 기다리는 자에게 새벽은 길다
새벽은 미지의 시간이며 홍분의 순간이다
아직 새소리는 들리지 않는다
긴 겨울이 시련의 시간일 것이다
옆집에서 개 짖는 소리가 들린다
우리 집 큰방 문 여는 소리가 들린다
이제 우리 집도 하루가 시작된다
찬 공기를 뚫고 청아한 새소리가 들린다
자연의 소리가 소음으로 들리지 않고
의미 있는 소리로 들릴 때 자연과 교감하는 것이다
이런 순간이 되면 자연의 숭고함과 내가 살아있음을 느낀다
이 순간 나는 깨어있는 삶을 살고 있다

같은 소리를 듣고

닭 울음소리를 듣고

아빠는 잠에서 깨어 책상에 앉고

엄마는 잠꼬대를 하며 돌아눕고

아이들은 듣지도 못하고 계속 잔다

일찍이 서산대사는 한낮에

닭 울음소리를 듣고 깨달았다

우리는 이렇게 다른 사람들에게

자신의 방식 하나만으로 대하고 있지는 않은가

그 때문이다

사람들이 칭찬에 인색한 것은
내가 잘 하는 것이 없어서가 아니라
칭찬의 기술이 없기 때문이다
사람들이 남의 이야기를 많이 하는 것은
남에게 관심이 많아서가 아니라
자신의 이야기가 없기 때문이다
노인들이 잔소리가 많은 것은
나에게 문제가 있어서가 아니라
그것이 그들의 소통방식이기 때문이다

자발적 빈곤

옛날에는 먹을 것이 너무 없어
짜장면만 먹어도 맛있었다
요즘에는 먹을 것이 너무 많아
무엇을 먹어도 맛이 없다
옛날에는 가지고 있는 것이 너무 없어
볼펜 한 자루만 가져도 기뻤다
요즘에는 가지고 있는 것이 너무 많아
고급 만년필을 가져도 기쁘지 않다
다시 옛날로 돌아가고 싶지만
그렇게 하기에는 몸이 너무 무겁다
지금부터 가지는 것만큼 버리고
먹은 것만큼 움직이자

삶에 대한 착각

삶은 엄청난 축복이자 선물인데
우리 모두가 가지고 있는 것이어서 귀한 줄 모른다
삶은 즐거움과 고통이 함께 있는데
즐거움만 찾다 보니 고통이 오면 견디지 못한다
삶은 언제 꺼질지 모르는 촛불과 같은데
영원히 꺼지지 않는 횃불처럼 생각한다
삶은 현재의 연속일 뿐인데
과거와 미래를 기웃거리다 현재를 놓치고 만다
매일 같은 생각을 하면서
내일은 오늘보다 더 나을 것이라고 생각한다

어떻게 볼 것인가

멀리서 보아야 아름다울 때가 있고
가까이서 보아야 아름다울 때가 있다
인생은 망원경과 현미경을 번갈아 봐야 제대로 볼 수 있다
무엇을 보느냐 보다
어떻게 보느냐가 중요하고
어떤 삶을 사느냐보다
자신의 삶을 어떻게 보느냐가 더 중요하다

마당에 핀 꽃

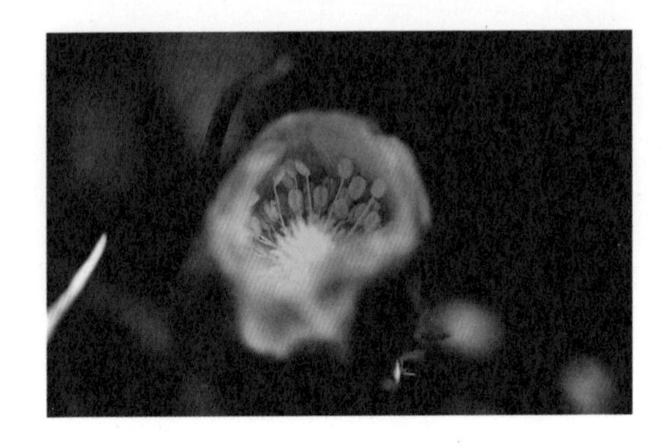

육백년 된 매화꽃이 예쁘다기에

먼 길을 달려갔지만 꽃이 피지 않았네

아직 때가 이른가 하고 허전한 마음으로 집에 왔더니

마당에 노랗게 핀 복수초가 봄을 알리네

탓할 수 없는 사람

멍청한 친구

내가 사귄 사람이다

따분한 배우자

내가 그렇게 만든 사람이다

사나운 이웃

내가 한때 가까이 한 사람이다

배신한 동업자

내가 너무 믿었기 때문이다

떠나간 연인

나에게 더 이상 매력이 없기 때문이다

인생

밤새도록 쓴 연애편지를 아침에 읽어보고
이것이 사랑인가 싶어 찢어버리고 싶은 것처럼
반백년도 더 살고 나서 돌아다 보니
이것이 인생인가 싶어 돌아버리고 싶을 때가 있다
인생은 낙관적으로 보기에는 너무 초라하고
비관적으로 보기에는 너무 위대하다

하수와 고수의 차이

하수는 화가 나는 상황에서 화를 내고
고수는 화를 내야 하는 상황에서 화를 낸다
하수는 화가 나면 쉽게 흥분하지만
고수는 화가 나려고 할 때 빨리 알아차리고 다스린다
하수는 화가 나면 큰 소리로 말하지만
고수는 화를 유머로 바꾼다
하수는 화의 원인을 상대에게서 찾지만
고수는 자신에게서 찾는다
하수는 객관적인 상황 때문에 화를 낸다고 생각하지만
고수는 자신의 정신적인 태도 때문이라고 생각한다

삶을 깊게 만드는 것

사랑하는 사람이 두려워하는 것은 이별이지만
사랑은 이별을 통해 깊어진다
살아있는 존재가 두려워하는 것은 죽음이지만
삶은 죽음 앞에서 깊어진다
우리가 두려워하는 것은 고통이지만
삶은 고통을 통해 단단해진다
우리의 삶은 두려워하는 것을 통해
더욱 깊어지고 단단해지는 것이니
두려워도 삶 앞에 당당하자

2

자기 성장

날마다 눈부신
나의 인생

어른과 아이

아이는 혼자 있을 때 어른이 되고
어른은 혼자 있을 때 아이가 된다
아이는 빨리 어른이 되고 싶어 하고
어른은 다시 아이가 되고 싶어 한다
아이는 생각보다 빨리 어른이 되고
어른은 생각만큼 어른 노릇을 하지 못한다
아이가 어른한테 배울 것보다
어른이 아이한테 배울 것이 더 많다

책 속의 행복

책 속에 길이 있지만
그 길에 인적이 드물고
책 속에 보물이 있지만
그 보물을 캐는 사람은 적다
책 속에 향기가 가득하지만
그 향기를 즐기는 사람이 귀하고
책 속에 현인이 있지만
사람들은 멀리서만 찾는다

방황

하나의 길만 아는 사람은 방황하지 않는다
그 길이 유일한 길이라고 생각하기 때문이다
그가 다른 길도 있다는 것을
알게 되는 순간 방황하기 시작한다
방황은 헤매는 것이 아니다
더 좋은 길을 찾기 위한 과정이다
방황 후 길을 찾은 사람은
전과 같은 길을 걷지 않는다
그는 이제 다른 사람이 되어가고 있다

오늘을 노래하자

바람이 분다
나뭇잎이 떨어진다
피는 꽃도 아름답지만 지는 잎도 아름답다
꽃이 떨어지지 않으면 열매가 없고
잎이 지지 않으면 겨울을 이겨내지 못하니
지는 잎을 보고 마음 아파하지 말자
새가 운다
아니 새가 노래한다
우리도 오늘을 노래하자
바람 불고 나뭇잎이 떨어지며 가을이 깊어간다

늙은 호박

노랗게 꽃필 때는 눈길 한번 주지 않더니

누렇게 익으니 모두 다 좋아하네

늙어서 사랑받는 것은 너밖에 없다

나도 너처럼 익어가고 싶다

흔들리는 마음

달빛은 밝은데
바람이 불어오니
물위의 달이 부서지고
마음을 청정하게 하려고 해도
번뇌가 끊이지 않으니
마음이 흔들린다
구름이 달을 가려도
흘러가는 달은 다시 밝게 비치고
번뇌가 마음을 흔들어도
마음은 연꽃처럼 피어난다
내 마음은 바람 같고 물과 같네
바람이 불지 않으면 물은 스스로 잔잔하고
스스로 괴롭히지 않으면 마음은 저절로 고요하다

비가 와서 좋은 날

비 오는 주말에는

빗소리를 들으며 책을 읽는다

저녁까지 비가 그칠 줄 모른다

파전에 막걸리를 마시며 빗소리를 듣는다

하루 종일 본 것은 책과 숲

하루 종일 들은 것은 빗소리와 새소리

오늘은 비가 와서 좋은 날이다

고독

고독은 내 안으로 들어가는 관문이다
혼자 있는 것이 무엇이 외로우랴
대중 속에 있으면 나를 잊을 수 있지만
나를 찾을 수는 없다
떼 지어 다니는 참새 보다
혼자 있는 독수리가 되고 싶다
뜨거운 가마 속으로 들어가지 않고
도자기가 될 수 없듯이
내 안으로 들어가지 않고
단단해질 수 없다

그 사람을 알고 싶으면

그 사람의 말이 그 사람의 수준이고
눈빛이 그 사람의 얼굴이다
생각이 그 사람의 운명이고
그 사람의 일이 그 사람이니
그 사람을 알고 싶으면
말을 들어보고
눈빛을 보라
그 사람을 더 깊이 알고 싶으면
그 사람의 생각을 읽고
하는 일을 보라

과거에 머무는 사람

같은 수준의 언어로 말하는 사람
같은 수준의 사람을 만나는 사람
같은 일을 같은 방법으로 하는 사람
그런 사람은 과거에 머무는 사람이다
그런 사람은 어제 같은 오늘을 사는 사람이다
책을 읽지 않는 사람도 그런 사람이다
그런 사람에게서는 이끼냄새가 난다

이상과 현실

노자 도덕경을 읽었다

노자는 최고의 선은 물같이 사는 것이라고 했다

그렇게 살아보니 사람들이 나를 물로 보았다

철학책을 읽었다

철학자는 자신의 욕망대로 살라고 했다

그렇게 살아보니 사람들은 내 욕망을 죽이라고 했다

카네기 인간관계론을 읽었다

책대로 살아보니 반은 맞고 반은 맞지 않았다

그 책에는 선한 사람에 대한 것만 있고

악한 사람에 대한 것은 없었기 때문이다

문제는 자신이야

가장 지혜로운 사람은 자신을 아는 사람이고

가장 강한 사람은 자신을 다스릴 줄 아는 사람이다

가장 위대한 사람은 자신 안의 영웅을 찾은 사람이다

가장 아름다운 사람은 현재 자신의 모습에 당당한 사람이고

가장 행복한 사람은 지금 여기서 행복한 사람이고

가장 무서운 사람은 돈과 죽음 앞에서 흔들리지 않는 사람이다

연탄구멍

연탄도 구멍이 있어야 타고
사람도 상처가 있어야 뜨겁다
연탄도 구멍이 있어야 집을 수 있고
사람도 여유가 있어야 가까이 할 수 있다
따뜻한 연탄도 잘못 다루면 가스에 중독되고
따뜻한 사람도 함부로 대하다가 다치는 수가 있다

다른 사람이 되었다

한 사람을 사랑하다 헤어졌다
사랑의 절반은 고통이라는 것을 알았다
한 권의 책을 읽고 덮었다
내 안에 한 사람의 정신이 녹아들었다는 것을 알았다
한 곳을 여행하고 돌아왔다
내 안에 한 세계가 들어왔다는 것을 알았다
0도와 360도는 같은 자리지만 다르듯이
처음 그 자리로 돌아왔지만 나는 다른 사람이 되었다
나는 이전보다 더 깊은 사람이 된 것이다

계속 해야 하나

한 사람을 사랑할수록 마음은 더 외로워지는데
계속 사랑을 해야 하나
공부를 할수록 모르는 것이 더 많아지는데
계속 공부를 해야 하나
노력할수록 더 힘들어지는데
계속 노력을 해야 하나
내 마음이 대답한다
그러면서
더욱 깊어지고
아름다워지고
단단해지는 것이라고
그렇게 살지 않는다면 더 힘들어질 것이라고

그런 사람 어디 없나요

명품을 찾지 않고 자신이 명품이 되고자 하는 사람
외모보다 내면의 아름다움을 추구하는 사람
말은 어눌해도 유머와 재치가 넘치는 사람
진지하지만 놀 때는 아이처럼 유쾌한 사람
같이 있으면 내가 더 좋은 사람처럼 느껴지는 사람
있을 때보다 없을 때 더 존재감이 느껴지는 사람
그런 사람 어디 없나요
아니면 당신이 그런 사람이 되어볼 생각은 없나요

꿈을 가진다는 것

꿈은 살아가는 의미가 되기도 하지만
무거운 짐이 되기도 한다
꿈을 가진다는 것은
남이 만들어놓은 길을 가는 것이 아니라
자신의 길을 가는 것이다
자신의 길을 가는 사람은
다른 사람과 비교하지 않는다
꿈을 가진다는 것은
자신의 별을 따라가는 것이다
자신 안에서 별을 볼 수 있는 사람은
어둠 속에서도 길을 잃지 않는다

꿈

애벌레의 꿈은 큰 애벌레가 되는 것이 아니라
나비가 되는 것이고
갈매기의 꿈은 새우깡이 아니라
높은 하늘을 나는 것이다
꿈은 다른 사람보다 더 나은 사람이 되는 것이 아니라
자신이 되고 싶은 사람이 되는 것이다
손쉽게 잡을 수 있는 것이 아니라
힘들어도 꼭 잡고 싶은 그 무엇이다

꿈을 꾼다는 것

꿈을 꾸고도 가슴이 뛰지 않으면
그건 꿈이 아니다
꿈을 가지고도 힘들지 않으면
그건 꿈으로 가는 길이 아니다
꿈을 꾼다는 것은
힘든 길을 가슴 뛰며 가는 것이다
언젠가 내가 꿈을 이룬다면
웃으면서 죽을 수 있을 것이다
만약 꿈을 이루지 못한다 해도
슬퍼하지 않겠다
꿈을 꾸었기에
이만큼이나 했다고 하겠다
꿈꾸며 살았기에
뛰는 가슴으로 살았다 하겠다

Boracay

사나이의 길

사나이는 울면 안 된다고 배웠다
그러나 사나이도 때로는 울어야 한다
눈물을 흘려본 사람이 남의 눈물을 닦아줄 수 있기 때문이다

사나이는 강해야 한다고 배웠다
그러나 사나이도 때로는 부드러워야 한다
부드러운 것이 강한 것을 이긴다는 것을 알아야 사나이다

사나이는 행동이 무거워야 한다고 배웠다
그러나 사나이도 때로는 아이 같아야 한다
노래할 때 노래하고 춤출 때 춤을 추어야 멋진 사나이다

단풍

잎으로 보여주지 못한 정열
꽃으로도 보여주지 못한 아름다움을
마지막으로 온몸을 불태우며
다 보여주고 떠나간다

백세인생

옛날 서른은 노총각 탈출이 목표였는데
요즘 서른은 백수탈출이 목표다
옛날 육십은 일손 놓은 할아버지였는데
요즘 육십은 할 일 많은 청년이다
옛날 구십은 눈 씻고도 찾기 어려웠는데
요즘 구십은 한 집 건너 한 집이다
10년 살면 수명이 5년 늘어나는 백세인생
웃어야 할지 울어야 할지 모르겠다

가을 나비

봄 나비는 한가롭게 나는데

가을 나비는 날갯짓이 바쁘다

붉은 단풍은 마지막 열정을 불태우는데

가을 나비는 꽃을 찾아 어디로 바쁘게 날아가는가

나도 너처럼
살고 싶다

너는 외로운 사람 곁에 항상 있었다

나도 너처럼 살고 싶다

너는 상처받고 버림받은 사람들에게 위로가 되었다

나도 너처럼 살고 싶다

너는 맑고 순수하며 너와 함께 있으면 빠져들었다

나도 너처럼 살고 싶다

너는 혼자 있을 때도 빛나지만

다른 것과 섞이면 더욱 빛나는 존재가 되었다

나도 소주, 너처럼 살고 싶다

늙어간다는 것

아침에 일어날 때 손발이 시큰거리고

하늘을 보는 일이 적어지고

웃을 일이 적고

이유 없이 슬퍼질 때가 있고

말이 많아진다는 것

이런 것들이 늙어간다는 것이다

아침에 일어나면 천천히 손발을 돌리고

하늘을 자주 보고

많이 웃고

혼자서 노래를 부르고

말을 줄이면

천천히 곱게 늙어갈 것이다

큰 것은 없다

큰 깨달음은 없다

작은 지혜가 쌓이는 것이다

큰 잘못은 없다

작은 잘못이 반복되는 것이다

큰 성공은 없다

어제보다 오늘이 조금씩 나아지는 것이다

큰 행복은 없다

작은 것에 자주 감사하는 것이다

큰 사랑은 없다

작은 사랑을 오래 실천하는 것이다

큰 것만 찾는 사람은 아무 것도 얻지 못한다

그가 얻는 것은 큰 후회뿐이다

세 번의 기도

자기 전에 세 번 기도한다
첫 번째 기도는 내일 아침에 눈을 뜨지 않게 해 달라는 것이다
그러고 나면 혹시 신이 내 기도를 들어줄까봐 잠이 오지 않는다
할 수 없이 나의 첫 번째 기도가 들어지지 않기를 기도한다
그것이 두 번째 기도다
세 번째로 내일은 이런 기도를 하지 않아도 되기를 기도한다

나에게 묻는다

너를 좋아하는 사람들이 많은데

너는 왜 자신을 좋아하지 않느냐

그 사람들한테 미안하지도 않느냐

네가 하는 말을 다른 사람들은 믿는데

너는 왜 자신을 믿지 않느냐

그 사람들한테 부끄럽지도 않느냐

너를 소중하게 생각하는 사람들이 많은데

너는 왜 자신을 함부로 대하느냐

너는 정말 그렇게 살아도 되는 거냐

책을 펼치면

책은 하나의 세계다

책을 펼쳐 한 세계를 여행한다

책은 꽃집이다

책을 펼치면 향기가 가득하다

책은 연인이다

책을 펼치면 가슴이 뛴다

책은 낚시터다

책을 펼치면 살아있는 문장이 펄떡인다

책은 휴식이다

책을 펼치면 마음이 편안해진다

책은 희망이다

책을 펼치면 더 나은 사람이 될 수 있다는 생각이 든다

내 사는 동안

내 사는 동안
늘 기쁜 일만 일어나길 바라지 않습니다
슬픔도 내 삶의 일부라는 것을 알고 있습니다
내 사는 동안
늘 건강하기만 바라지 않습니다
건강을 위해 무엇을 해야 하는지를 알고 있습니다
내 사는 동안
늘 좋은 소리만 듣기를 바라지 않습니다
다른 사람의 생각보다
나의 생각이 중요하다는 것을 알고 있습니다
내 사는 동안
늘 좋은 사람만 만나기를 바라지 않습니다
좋은 사람 나쁜 사람이 따로 있는 것이
아니라는 것을 알고 있습니다
모든 것이 나 하기에 달렸습니다

허와 실

내세우려는 사람은 내세울 것이 없고
내세울 것이 많은 사람은 내세울 필요가 없다
조폭 똘마니는 겁주기 위해 문신을 새기고
조폭 두목은 문신을 새길 필요가 없다
명품에 집착하는 사람은 명품인간이 아니고
명품인간은 명품에 집착할 필요가 없다
논리가 빈약하면 말이 많아지고
논리가 뚜렷하면 할 말이 길지 않다
말 많은 거리의 약장수와
처방전 몇 줄이면 되는 의사를 보면 알 수 있다

큰 사람

사람은 자신의 그릇의 크기만큼만 담을 수 있다
그릇이 큰 사람이 적게 담을 수는 있어도
그릇이 작은 사람이 많이 담을 수는 없다
많이 담아도 금세 흘러넘친다
고수를 알아보려면 자신이 고수가 되어야 하고
큰 사람을 만나려면 자신이 먼저 큰 사람이 되어야 한다

잘 산다는 것

잘 산다는 것은

좋은 차를 타고

좋은 집에서

좋은 음식을 먹으며 사는 것인가

잘 산다는 것은

배우고

성장하고

자신이 좋아하는 일을 잘 하는 것이다

그러면 나머지는 저절로 따라온다

끝까지 버텨라

세상을 살아가는 지혜를 줄이고 또 줄이면
즐겨라
배워라
버텨라
이 세 가지다
그 중에서 하나만 고르라고 하면
버텨라
이 한 가지다
힘들 때는 버텨라
끝까지 버텨라
버틴다고 힘든 일이 없어지는 것이 아니지만
버티면서 근육이 생기고 세상을 보는 눈이 바뀌는 것이다
그때는 지금 힘든 것은 아무 것도 아니라는 걸 알게 될 것이다

결정적인 순간

우리의 삶을 바꾸는 결정적인 순간은
아지랑이처럼 조용히 다가온다
오늘의 삶이 내일 어떻게 바뀌더라도
놀라지 말자
오늘의 삶이 내일 어떻게 바뀌지 않더라도
실망하지 말자
좋은 것이든 나쁜 것이든 참고 기다리면
지나갈 것이니 견디며 살자
결정적인 순간은 언제나 있다
10년 동안 한 번도 일어나지 않던 일이
오늘 당장 일어날 수 있는 것이 인생이다

어린 시절

어린 시절 양지바른 곳에 앉아
어른이 되었을 때를 생각했다
어른이 되면 세상을 보는 눈이 생길 것이라 생각했다
세월이 흘러 어른이 되어
햇빛에 비치는 창가에서 다시 어린 시절로 돌아간다
세상을 보는 눈은 여전히 어둡고
세월의 무게만큼이나 몸도 무겁다
그때의 푸른 꿈과 붉은 가슴은 어디로 갔나
여전히 하늘은 푸르고 저녁노을은 붉은데

나무

나무는 추울수록 옷을 벗는다

나무는 힘들 때는 내려놓는다

나무는 위로 커가는 것만큼 밑으로 뿌리를 뻗는다

보여주는 것만큼 숨기는 것도 있어야 한다는 것을 안다

나무는 자신이 해야 할 때를 알고 있다

꽃이 필 때 피고 질 때 질 줄 안다

겨울에는 참고 기다릴 줄도 안다

그런데 나는 나무와 반대로 하는 것 같다

소수의 길

자리를 빛내주는 사람이 있고
자리를 채워주는 사람이 있습니다
당신은 자리를 빛내주는 사람이 되세요
자리를 빛내달라고 부탁하는 사람이 있고
자리를 채워달라고 부탁하는 사람이 있습니다
당신은 자리를 빛내달라는 사람의 부탁을 들어주세요
자리를 채워줄 수 있는 사람은 많아도
자리를 빛내줄 수 있는 사람은 적으니
당신은 소수의 길을 가세요

잘 버리기

닫힌 창가에서 죽은 파리는
버리지 못해 죽었다
창밖으로 나가는 문이 하나뿐이라는
고정관념을 버리지 못해 죽었다
고정된 것은 없으며
정답이 하나뿐이라는 생각을 버릴 때
다른 생각을 담을 수 있다
버려야 할 것은 자신의 편견과 선입견
자신의 닫힌 작은 문을 버릴 때
비로소 큰 문이 열린다

나를 찾는 숨바꼭질

이렇게 살아있는 나는 누구인가

이렇게 묻고 있는 나는 누구인가

묻고 있는 내가 나인가

질문에 대답하는 내가 나인가

내가 나를 찾을 때 가장 찾기 어렵지만

내 안의 나는 항상 거기에 있었다

그것은 바로 나의 양심이었다

세상과 나

세상은 저절로 좋아지지 않는다
세상이 조금이라도 좋아졌다면
누군가가 그렇게 했다는 것이다

나도 저절로 좋아지지 않는다
내가 오늘 조금이라도 좋아졌다면
어제 뭔가 다른 것을 했다는 것이다

누군가가 세상과 나를 위해
그렇게 해주기를 기다리는 것보다
내가 먼저 그렇게 하는 것이 쉬울 것이다

누군가가 큰 물고기를 잡아주기를 기다리는 것보다
내가 낚시 바늘을 더 큰 것으로 바꾸는 것이
큰 고기를 잡는 지름길이다

작심삼일

굳게 쥔 주먹은 펴지기 마련이고
시퍼런 칼도 무디어지기 마련이다
누구에게나 작심삼일은 있다
3일밖에 못 가는 것이 아쉽지만
3일이나 가는 것도 쉬운 일은 아니다
'3일밖에' 를 '3일이나' 로 바꾸면 사는 것이 즐겁다
점이 연결되면 선이 되고
선이 이어지면 길이 된다

모두가 희망이다

모두가 신의 자식이다
자신 안의 신성을 보라
모두가 꽃이다
자신 안의 향기를 맡아보라
모두가 별이다
자신 안의 빛을 보라
모두가 희망이다
절망 뒤에 숨어있는 것이 희망이다

당신에게 그런 것이 있는가

공자에게는 인생삼락이 있었고
맹자에게는 군자삼락이 있었다
당신에게는 그런 삼락이 있는가
관중에게는 포숙이라는 친구가 있었고
백아에게는 종자기라는 친구가 있었다
당신에게는 그런 친구가 있는가
당신은 누구에게 그런 친구가 되었는가

용서

용서는 힘이 있어야 할 수 있다
힘이 없는 사람은 그저 참을 뿐이다
용서는 잊는 것이 아니다
그것 때문에 더 이상 아파하지 않는 것이다
용서는 큰 사람이 하는 것이지만 용서하면 커진다
그렇게 크게 보이던 것도 용서하고 나면 작게 보인다
용서가 당신을 그만큼 크게 만든 것이다

춤추는 별

자신의 별을 가진 사람은 쓰러지지 않는다
힘들 때마다 하늘을 보기 때문이다
별은 춤추지 않는다
떨리는 가슴으로 자신의 별을 보는 사람에게만 별이 춤을 춘다
춤추는 별은 사랑이며 꿈이다
춤추는 별을 따라가라
별이 춤출 때 인생이 아름답다
별이 춤추기 전에 당신이 먼저 춤을 춰야 한다

사람 다루기

사람을 아는 것은 어렵다
한 사람을 알려면 한 세계를 알아야 한다
사람을 다루는 것은 더 어렵다
한 사람을 다루려면 한 사람을 가슴에 품어야 한다
사람을 알려면 자신을 보라
타인은 자신의 또 다른 얼굴이다
사람을 다루려면 자신을 먼저 다스려라
그러면 타인은 스스로 다스려진다

내가 먼저

내가 먼저 뜨거워야
상대를 바꿀 수 있다
우리는 너무 차가운 존재로 있으면서
상대를 쉽게 바꾸려고 하지는 않았나

내가 먼저 향기로워야
상대를 부를 수 있다
우리는 너무 멋없는 존재로 살면서
상대를 쉽게 흔들려고 하지는 않았나

자신에게 하는 질문

나는 어디에 있는가
나는 어디로 가는가
나는 무엇을 남기고 갈 것인가
나는 무엇으로 세상을 아름답게 하였는가
나는 누구를 행복하게 하였는가

이 물음에 금방 답이 나오지 않는다면
길 위에 있지 않은 것이다
그런 사람은 많은 시간이 흘러도
자신이 원하는 곳에
결코 도달하지 못한다

아침을 여는 가족

아침에 일어나서
아들은 스트레칭을
엄마는 식사 준비를
아빠는 아침 명상을 한다

몸이 굳은 아들의 신음소리
압력밥솥에서 김빠지는 소리
부처님같이 편안한 아빠의 얼굴
행복한 가정은 아침을 이렇게 연다

당신의 가치

당신이 만든 것을 너무 싸게 팔지 마세요
그렇게 하기 위해서는 정성을 다해서 만들어야 해요
당신의 물건을 너무 싸게 팔지 마세요
그렇게 하기 위해서는 그 가치를 알아야 해요
만약 당신이 여유가 없을 때라면 좀 싸게 팔 수도 있어요
하지만 당신 자신은 절대 싸게 팔지 마세요
그렇게 하기 위해서는 당신이 가치 있는 사람이 되어야 해요
당신 자신의 가치를 알고 비싸게 파세요
세상은 당신이 매기는 가격보다 절대 비싸게 지불하지 않아요

네 가지 질문

나의 시간을 가장 많이 빼앗아가는 것은 무엇인가
휴대폰인가
늦잠인가
잡다한 모임인가

나의 건강을 가장 해치는 습관은 무엇인가
술인가
쓸데없는 걱정인가
게으름인가

나의 삶이 바뀌지 않는 가장 큰 이유는 무엇인가
변화에 대한 두려움인가
타성인가
우유부단함인가

나의 인간관계에 가장 좋지 않은 습관은 무엇인가
자만심인가
공감능력 부족인가
이기심인가

어쩌면 이것 모두 때문인지 모른다
모른다면 매일 네 가지 질문을 나에게 한다면
나의 하루는 조금씩 황홀해질 것이다

나

나는 어떤 사람일까
이 물음에 답하기 위해서 사람들은 책을 찾는다
나는 다른 사람에게 어떤 사람으로 보일까
이 물음에 답하기 위해 사람들은 명품을 찾는다

책과 명품 사이에서 나는 언제나 책을 찾았다
나를 명품으로 생각하는 사람이 단 한 사람만 있어도 된다
그 사람이 바로 나 자신이다
다른 사람들이 나를 찾을 날도 올 것이다

일주일이면

일주일이면
역사도 만들 수 있고
한 사람과 사랑에 빠질 수도
한 사람과 등을 돌릴 수도 있는 시간이다

일주일이면
가고 싶은 곳으로 여행을 할 수도 있고
좋은 책을 읽어 자기의 철학으로 만들 수도
한 사람을 평생 동지로 만들 수도 있는 시간이다

그런데 우리는 일주일을
빨간 날 이틀
까만 날 닷새로 보는 것은 아닐까
그걸 쉰두 번 반복하면 일 년이 흘러가는데

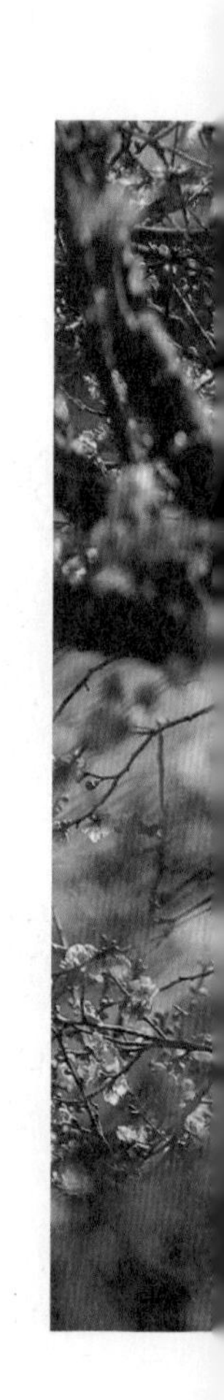

3

웃음과 사랑

날마다 눈부신
나의 인생

미인 알레르기

바다가 보이는 솔밭에서 중년의 남녀들이 서 있고
한 사람이 사진을 찍으려고 한다
그 순간 예쁜 여자 옆에 서 있는 남자가 재채기를 계속 한다
재채기 때문에 분위기가 어색해졌다
그 순간 이 남자의 한마디로 모두 행복하게 쓰러졌다
"미인 알레르기 때문에!"
이런 말 한마디 들어보지 못하고 스러져간 여자들이
얼마나 많은가

44

미팅 때문에

대학 신입생 환영 음악회가 시작되었다
통로까지 꽉 들어찬 학생들 사이로 꽃을 든 학생이
힘겹게 들어오면서 하는 말이 관객을 웃겼다
"죄송합니다. 꽃다발 때문에"
그 틈을 비집고 출입구 방향으로 나가는 학생들이
던지는 말이 더 웃겼다
"죄송합니다. 미팅 때문에"
죄송할 일이 있어도 더 좋은 일이 있으면 하는 것이 청춘이다

아들에게

네 살 때 너는 나에게 장님이 뭔지 물었다
내가 앞이 안 보이는 사람이라고 하자
너는 그럼 뒤는 보여요 라고 물었다
유치원 시절 네가 모은 용돈으로 은행에 저금하러 갔다오면서
너는 통장에 돈이 없다고 큰 소리로 울었다
그러던 네가 커서 이제는 주식을 하고 있구나

애인이 뭐지

내가 아홉 살 때
옆방 아저씨가 애인이 뭐냐고 물었다
나는 부끄러워 바로 말하지 못하고 여관이라고 말했다
나는 애인과 함께 가는 곳이 여관이라는 뜻으로 돌려서 말했을
뿐인데
아저씨는 내가 애인도 모른다면서 놀렸다
순진한 척 하다가 바보가 될 뻔했다
아이는 어른이 생각하는 것만큼 어리지 않다
아이는 어른이 생각하는 것보다 빨리 어른이 되어간다

요즘 아이들

성인사이트에 회원가입을 하려고
개인정보를 입력하고 엔터키를 누르자
내가 이미 회원가입이 되어있다는 메시지가 나왔다
아들에게 나의 주민등록번호를 아느냐고 물었다
초등학생인 아들이 자랑 삼아 줄줄 외웠다
뭐라고 할 수도 없고 머리를 쓰다듬어주면서 총명하다고 했다
요즘 아이들 키우기 힘들다

개소리

술자리에서 친구가 개고기를 먹던 이야기를 신나게 하고 있었다
한참 동안 듣고 있던 나는 친구에게
개소리 그만하고 술이나 마시자고 했다
같이 있던 사람들이 모두 웃었다
개소리 하던 친구도 웃었다
개소리 듣고도 웃을 수 있는 사이가 친구다

소주는 언제 마시나

다음에 소주 한잔 하자는 말을 인사처럼 하는 사람아
아직도 시간을 잡지 못했나
그러다가 소주는 언제 마시나
소주는 변하지 않지만
우리의 인생이 흘러가니
적당할 때 한 번씩 얼굴 보며 한잔 하자
술이 있으면 시간이 없고
시간이 있으면 친구가 없으니
그러다가 술은 언제 마시나

수박 세 조각

동생과 수박을 먹었다

접시에 수박 세 조각이 남자 나는 잔머리를 굴렸다

가장 작은 것을 집어 빨리 먹고

마지막에 남은 것을 집어 천천히 먹었다

그 수박을 먹으면서 부끄러워

창문을 바라보았다

아내가 바람을 피웠다

아내가 바람을 피웠다

상대는 초등학교 2년 후배였다

키도 크고 잘 생겼다

실컷 두들겨 팬 후 왜 하필이면 내 마누라냐고 물었더니

너무 예뻐서 그랬단다

틀린 말은 아니지만 한 방 더 날렸다

다시 태어나면 절대 얼굴보고 결혼하지 않겠다

껄떡대는 인간이 많아 신경 쓰여 못 살겠다

개꿈에 시달리고 나니 자고나도 피곤하다

유머란

유머는 마중물이다
내가 먼저 주어야 상대의 마음을 얻을 수 있다
유머는 상비약이다
누구에게나 필요하지만 부작용을 일으키는 사람도 있다
유머는 품격이다
망가져도 될 품격이 있어야 할 수 있다
유머는 럭비공이다
어디로 튈지 누구나 예측할 수 있다면 유머가 아니다
유머는 타이밍이다
적절한 시기를 잡는 순간포착력이다
유머는 촌철살인이다
고수가 단칼에 베듯이 한 마디 말로 날려야 상대가 쓰러진다
유머는 여유다
여유가 있어야 할 수 있지만 여유가 없을 때 정말 필요한 것이
유머다

왜 웃지 않는가

우리는 좀처럼 웃지 않는다
웃을 만큼 행복하지 않기 때문이다
웃지 않으니 행복하지 않고
행복하지 않으니 웃지 않는다
우리는 이것을 반복하면서 살아간다
그렇게 살면서 인생은 슬픈 것이라고 말하며
슬픈 표정으로 죽는다
이렇게 사는 것이 아닌 것 같은데
많은 사람들이 그렇게 살아가고 있다

줄넘기

음악과 함께 줄넘기를 한다
음악에 맞춰 밟는 스텝이 경쾌하다
느린 음악에는 천천히
빠른 음악에는 빠르게
신나는 음악에는 이단뛰기
곡조에 따라 바뀌는 다양한 스텝
온몸으로 춤을 춘다
허공을 가르며 쉭쉭 돌아가는 경쾌한 소리에
까치도 숨을 죽인다

스케이트

어릴 적에 못에서 썰매를 타던 소년이
중년의 나이에 빙상장에서 스케이트를 탄다
몸을 구부리고 칼날에 체중을 실어
앞사람의 엉덩이를 보면서 미끄러진다
밑에서 냉기가 올라와도 이마에 맺힌 땀방울
중년은 홍안의 소년으로 다시 돌아간다

글자 한 자 때문에

훈련을 마친 이등병 여섯 명이 자대에 배치되었다
그 부대에서는 배구를 많이 했다
일렬로 선 신병들에게 고참이 배구를 잘 하느냐고 물었다
다른 이등병들은 배구를 잘 못한다고 대답했는데
한 사람은 배구는 잘 못한다고 대답했다
그 한 글자가 그의 군대생활을 바꾸어 놓았다
그는 배구 시합 때마다 응원단장으로 활약했다
그때 추던 막춤을 지금도 추고 있다
글자 한 자 때문에

막춤의 비결

사람들이 막춤의 비결을 물으면
나는 대답을 못 한다
그때그때 다르기 때문이다

음악에 따라 다르고
기분에 따라 다르니
한번 춘 춤을 그대로 출 수가 없다

음악에 마음을 실어
마음이 가는 대로 몸을 맡기고
춤출 때는 춤만 추는 것이
비결이라면 비결이다

아내의 생일선물

아내의 생일선물을 사러 갔다

팬티와 브라를 보여 달랬더니 싸이즈를 물었다

처음 사 보는 것이라 그냥 미스코리아 싸이즈로 달라고 했다

집에 와서 아내 앞에 꺼내놓았다

아내는 싸이즈를 어떻게 알고 샀느냐고 했다

나는 미스코리아 싸이즈로 샀다고 했다

어떻게 이렇게 딱 맞을 수가 있느냐면서 함박웃음을 지었다

내가 보기에도 잘 맞았다

내가 착각하는 건지 아내가 착각하는 건지 모르겠다

두 사람 다 착각하며 살겠지

행복의 비결은 아름답게 착각하며 사는 것이다

애인과 마누라

숲에서 우는 새소리는 맑은데
집에서 우는 닭소리는 왜 껄끄러울까
초청강사의 강의는 재미있는데
우리 교수의 강의는 왜 지루할까
애인과 마누라의 차이가 이런 것일까
애인 같은 마누라와 사는 사람은
천복을 누리는 사람이고
마누라를 애인처럼 생각하는 사람은
만복을 만드는 사람이다

아직도 꾸는 꿈

아직도 시험을 치는 꿈을 꾼다
졸업한 지가 얼마나 지났는데
아직도 전쟁하는 꿈을 꾼다
전쟁을 한 번도 경험하지 못했는데
아직도 치질 때문에 고생하는 꿈을 꾼다
수술해서 나은 지가 언젠데
아직도 여자를 만나는 꿈을 꾼다
결혼한 지가 얼마나 지났는데
나는 아직도 푸른 꿈을 꾼다
청춘이 지나도 한참 지난 나이에

동지팥죽

아침에 현관문을 두드리는 소리에 나가보니
동네 절에서 보살이 팥죽을 가지고 왔다
웃는 모습이 아름다워 팥죽 그릇을 놓칠 뻔했다
주는 사람은 얼굴 가득 미소가 번지는데
받는 사람은 미안한 마음에 어색한 얼굴이다
빈손으로 돌려보내니 마음이 무거워
과일을 봉지에 담아 절에 갔다
이번에는 나의 얼굴이 활짝 펴졌다
집으로 돌아오는 길에 콧노래를 불렀다
받을 때보다 줄 때가 기뻤다

공감한다는 것

공감한다는 것은
생각이 같은 것이 아니라
같이 생각해보는 것이다
같이 울어주지 않더라도
티슈를 꺼내주는 것이다
자신과 의견이 달라도 끝까지 들어주며
상대의 마음을 헤아리는 것이다

공감한다는 것은
맞지 않는 옷을 입고
춤을 추는 것만큼이나 어려운 것이다
공감이 필요한 사람에게 가장 피해야 할 것은
어설픈 충고나 위로다
그런 사람에게는
입이 아니라 귀가 필요한 것이다

어렸을 때 엄마는

어렸을 때 엄마는
늘 같은 옷을 입고 계셨다
나는 엄마는 원래 그런 줄 알았다
가끔 엄마가 다른 옷을 입으면 어딘가에 가는 줄 알았다

어렸을 때 엄마가
늘 같은 반찬을 만들어주셨다
햄이나 쏘세지를 싸가지고 오는 친구가 부러웠다
지금은 그때 엄마가 만든 것이 웰빙식품이라는 것을 알게 되었다

어렸을 때 엄마는
칭찬하는 법이 없었다
밥 많이 먹으라는 말씀만 하셨다
지금에야 그것이 큰 사랑이었다는 것을 알게 되었다

어렸을 때 엄마는 늘 부엌에서 일만 하셨다
나는 엄마가 놀 줄도 모른다고 생각했다
요즘 가끔 노래를 부르시는 엄마를 보면
그때는 사는 것이 너무 힘들었나 보다

엄마의 신발

엄마의 신발을 보았다
기차표 상표가 눈에 들어왔다
어릴 때부터 많이 보던 국민상표였다
엄마는 당신을 위해 돈을 쓰지 않으신 것이다
오래 전에 샀는데 아직 새 신발 같았다
힘이 없어 많이 다니지 못하신 것이다
예쁜 구두 한 켤레 사드리고 싶었지만
엄마에게는 너무 늦은 선물이다
힘이 없어 그 신발을 신고 갈 데가 없다

인생은 커피 한 잔

처음에는 뜨거워서 못 마시겠더니
마실 만하니 금방 식더라
사랑도 그렇고 인생도 그렇더라
좀 모자랄 때가 좋을 때이다
알고 나면 그때는 너무 늦다
커피는 따뜻할 때 마시는 것이 잘 마시는 것이고
인생은 지금 이 순간에 사는 것이 잘 사는 것이다

아름다운 이유

첫사랑이 아름다운 것은
이루어지지 않았기 때문이고
처음 보는 여자가 아름다운 것은
아무 것도 모르기 때문이다
과거가 아름다운 것은
좋은 것만 기억하기 때문이고
자신이 아름다운 것은
지금 살아있기 때문이다
살아있다는 것만으로도
모든 존재는 아름답다

삶의 경계

어릴 때 모래쌓기 놀이를 하였다
막대를 쓰러뜨리지 않고 모래를 손으로
많이 가져가는 사람이 이기는 것이다
막대가 쓰러지는 것을 두려워하면
모래를 조금 밖에 쌓지 못하고
욕심 때문에 막대를 쓰러뜨리면 진다

대화도 그렇다
깊은 대화를 할수록 상대에게 가까이 다가갈 수 있지만
상처를 주기 쉽다
말로 상처를 준다면
아무리 말을 잘해도 소용이 없다
대화가 얕으면
상처를 주지는 않지만 재미도 유익함도 없다
삶은 경계에서 중심을 잡는 것이다

생일

오늘이 생일이다

엄마와 미역국이 생각난다

미역국을 먹어야 할 사람은 엄만데 내가 미역국을 먹었다

어머니

머리 큰 아들 낳으시느라 정말 힘드셨지요

산후 얼굴의 부기를 빼느라 그해에 호박을 많이 드셨다지요

오늘은 호박죽 말고 어머니가 미역국을 드세요

사랑의 전화

사랑의 전화는 박카스다
매주 월요일 밤에 엄마에게 가요무대 보시라고 전화를 한다
엄마는 저녁부터 그 시간을 기다린다
가요무대보다 아들의 전화를 기다렸으리라
일요일 낮에도 송해가 하는 전국노래자랑 시간에 전화를 한다
어머니 건강하게 오래 사세요
박카스 많이 드릴게요

아버지

나에게 어릴 적 희미한 기억이 있다
세월이 지나도 지워지지 않는다
꿈같기도 한 그 기억은 네 살까지 거슬러 올라간다
비가 억수로 오던 날이었다
아버지와 어머니가 크게 싸웠다
아버지는 빨래 방망이로 장독대의 가장 큰 독을 부수었다
그 독에는 간장이 담겨있었다
검붉은 간장이 빗물과 함께 흘러갔다
그 다음에는 나를 들어 마당으로 던졌다
아픈 기억은 나지 않는데 엄마가 나를 안고 울었던 기억은 난다
아버지는 그날 소중한 것은 다 박살내기로 작정한 것 같았다
나의 기억은 여기까지다
나는 크면서도 이것이 사실인지 꿈인지 헷갈렸다
나는 평생 아버지에게 물어보지 않았다
아들에게 저렇게 잘 해주시는 아버지가
아들에게 그렇게 했을 리가 없다고 애써 생각했다

세월이 흘러 아버지는 돌아가셨고

그 후에도 몇 년이 더 지나서

나의 기억이 틀리기를 바라면서 어머니께 물어보았다

어머니는 그런 것도 기억하고 있느냐며 놀랐다

아버지가 살아계실 때

그 말을 하지 않은 것이 다행이다

어머니께도 물어보지 않은 게 더 좋았다는 생각이 든다

그냥 어릴 적 나쁜 꿈 하나 꾸었다고 생각하며 사는 게

더 좋았는데

엄마 사랑해

태어나서 가장 먼저 배우는 말

엄마

죽으면서 가장 많이 하는 말

사랑해

살면서 가장 못하는 말

엄마 사랑해

엄마

엄마
낳아주셔서 감사합니다
키워주셔서 고맙습니다
엄마
사랑해요
당신의 아들로 태어나서 행복합니다
다시 태어나도 당신의 아들로 태어나고 싶습니다
엄마
아니에요
그보다
엄마가 나의 딸로 한 번만 태어나세요
아들도 괜찮아요
그래야 당신의 은혜를 갚을 수 있을 것 같아요

마음을 읽어주는 사람

책을 읽어주는 사람이 있으면 좋겠다
어릴 적 엄마가 들려주던 이야기가 생각나겠지
시를 읽어주는 사람이 있으면 좋겠다
잊고 살았던 나의 별을 찾을 수 있겠지
나의 마음을 읽어주는 사람은 없을까
아무도 모르는 내 마음을 알아주면 눈물 나겠지

문득 떠오르는 생각

나는 지금 살아있는 것일까
사는 꿈을 꾸고 있는 것일까
나는 지금 행복한 것일까
행복하다고 착각을 하는 것일까
나는 그녀를 사랑하고 있는 것일까
그녀를 아름답게 오해하고 있는 것은 아닐까
내가 힘들고 괴롭다면
그 또한 나의 착각이거나 오해가 아닐까

잘 말하는 사람

그녀는 나에게
말을 잘하는 사람보다
잘 말하는 사람이 되라고 했다
나는 그 차이가 뭔지 물었다

그녀는 나에게
말을 잘하는 사람은
자신이 하고 싶은 말을 잘하는 것이고
잘 말하는 사람은
상대가 듣고 싶은 말을 잘하는 것이라고 말했다

그 후

내가 그녀에게 가장 많이 한 말은

감사합니다

사랑합니다

덕분입니다

이 짧은 세 마디였다

두 사람

필요한 것을 비싸게 사는 남편
필요 없는 것을 싸게 사는 아내
양말을 아무데나 벗어 놓는 남편
안경을 아무데나 벗어 놓는 아내
게으르면서도 약속시간을 잘 지키는 남편
부지런하면서도 약속시간을 못 지키는 아내
결혼기념일에 집에서 삼겹살에 소주 한잔 하자는 남편
그날은 우아한 곳에서 스테이크에 와인 한잔 하자는 아내
두 사람은 영원한 평행선이다
그러니까 두 사람이 같이 사는가 보다

부부

처음에는
당신 없이는 못살아
나중에는
당신 때문에 못 살아
천국과 지옥을 오가면서
같이 늙어가는 사이
사랑과 미움은 한 뿌리에서 자라는 두 개의 가지
그 나무를 우리는 부부라 부른다

부부의 추억

시간은 바람처럼 강물처럼
그렇게 흘러갔다
꽃같이 예쁜 아이들 신발은 어디로 가고
현관에 외롭게 놓인 신발 두 켤레
아이들 웃음소리는 바람에 실려갔나 강물에 흘러갔나
가늘게 들려오는 아내의 기침소리

더 사랑받는 사람

항상 맑은 날씨보다
비 온 뒤에 개인 날씨가 더 좋고
항상 좋은 사람보다
가끔 좋은 사람이 더 사랑받는다
항상 나를 이해하는 사람은
만날 때마다 푸근하지만
나를 이해하지만
가끔 삐칠 때도 있는 사람이 더 사랑받는다

불행한 가정 행복한 가정

불행한 가정은 각자의 폰을 보면서 웃고
행복한 가정은 서로의 얼굴을 보면서 웃는다
불행한 가정은 상대의 말꼬리를 잡고
행복한 가정은 상대와 끝말 이어가기를 한다
불행한 가정은 아빠가 집으로 돌아오면 각자의 방으로 가고
행복한 가정은 아빠가 집으로 돌아오면 각자의 방에서 나온다
불행한 가정은 작은 일을 큰 소리로 말하고
행복한 가정은 큰일도 조용히 말한다

아내

나보다 나를 더 잘 아는 당신
그런 당신을 내가 몰라주었네
나보다 나를 더 사랑한 당신
그런 당신을 내가 아프게 했네
나보다 나를 더 믿는 당신
그런 당신을 내가 실망시켰네
꿈같은 세월 다 흐른 뒤에
비로소 당신이 보이네

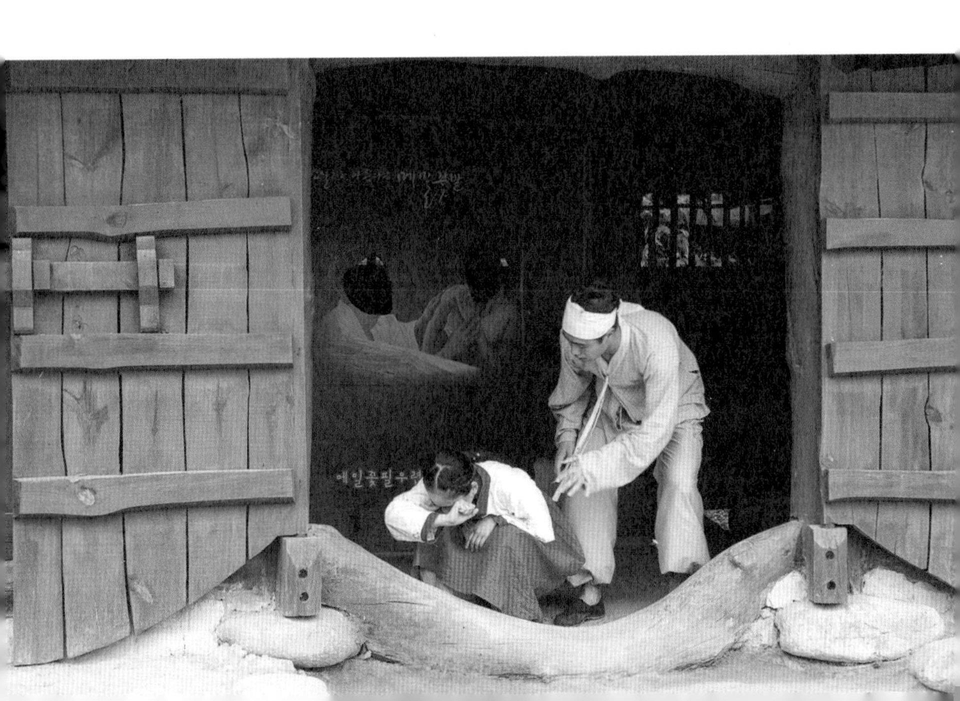

미꾸라지

미꾸라지 한 마리가 웅덩이를 흐리게 하네
나도 미꾸라지처럼 종횡무진 누비고 싶을 때가 있다
잡으려고 하니 요리조리 잘 빠져나가네
나도 미꾸라지처럼 치고 빠지고 싶을 때가 있다
소낙비가 오니 하늘로 올라가네
나도 미꾸라지처럼 빗줄기 타고 하늘로 날고 싶을 때가 있다
마지막에 한 몸 던지더니 추어탕이 되었네
나도 미꾸라지처럼 누군가를 위해 내 한 몸 던지고 싶을 때가
있다

벚나무 베던 날

아내가 10년도 훨씬 넘게 자란
울타리의 벚나무를 모두 베라고 한다
나무가 너무 커서 집을 가린다는 이유다
나는 말도 안 되는 소리라며
벚나무를 베려거든 먼저 내 다리를 베라고 했다
우리는 오랫동안 평행선을 달렸다
아내는 마음을 바꿀 생각이 조금도 없었다

나는 할 수 없이 벚나무를 베기로 했다
다리 대신 내 마음을 먼저 베었다
도저히 안 될 것 같던 내 마음이 지금은 편안하다
벚나무를 마음에 두고 있을 때는 무거웠지만
내려놓고 나니 깃털처럼 가벼웠다
내려놓기 전에는 그런 줄 몰랐다
마음 하나 베는 것이 죽기보다 더 어려운 것 같더니
베고 나니 아무 것도 아니더라

같이 먹는다는 것

밥을 같이 먹는다는 것은
밥만 같이 먹는 것이 아니다
마음을 나누는 것이고
따뜻한 시간을 함께하는 것이다

술을 같이 마신다는 것은
술만 같이 마시는 것이 아니다
마음속에 있던 이야기를 꺼내는 것이고
아픔을 함께하는 것이다

밥도 천천히 먹고
술도 천천히 마시며
마음속의 이야기도 조금씩 꺼내야 한다
급하게 먹는 밥에 체하고
급하게 마시는 술에 취하며
생각 없이 꺼내는 이야기에 상처를 받는다

중년의 일탈

결혼은 메마른 천국이다
중년은 아름다운 일탈을 꿈꾸지만
일탈의 끝은 불타는 지옥이다
한 번도 하지 않은 일탈은 있어도
한 번만 하는 일탈은 없다
다시 돌아올 때는 무너진 천국이다

까치밥

감나무 가지 끝에 매달린 감 하나
너 하나 때문에 까치가 날아온다
하고 싶은 말이라도 마지막 한 마디는
마음속에 남겨두어야 한다
그런 여백이 있어야 사람이 찾아온다

사랑은 믿는 것

사랑은 믿는 것이다
믿다가 상처를 받는 것이
믿지 못해 괴로운 것보다 낫다

믿을 수 없는 세상에
한 사람을 믿고 살아가는 것
그것이 사랑이다

믿는 도끼에 발등 찍히면
그건 도끼의 책임이 아니라
도끼를 쓰는 사람의 책임이다

양날의 칼

줄 수 있는 사람은
다시 빼앗을 수도 있고
힘을 줄 수 있는 사람은
힘을 뺄 수도 있다
좋은 것을 줄 수 있는 사람은
나쁜 것도 줄 수 있고
사랑을 줄 수 있는 사람은
상처를 줄 수도 있는 사람이다
한 면만 보는 사람은 다른 면을 볼 수 없다

질투

질투심은 나쁜 것이 아니라
자연스러운 감정이다
친구 사이에 질투심이 없다면
친구가 아니고
질투심을 노골적으로 표현하는 사람은
친구의 자격이 없는 사람이다
질투는 속으로 타는 불꽃이다
그 불꽃으로 자신을 뜨겁게 해야지
상대를 태워서는 안 된다

촛불 켜는 마음

촛불 켜는 마음은 어둠을 밝히는 것이다
자신의 어두운 마음을 먼저 밝히고
세상을 밝히고 싶은 것이다
촛불 켜는 마음은 태워버리고 싶은 것이다
자신의 업장을 먼저 태우고
세상의 악을 태워버리고 싶은 것이다
촛불 켜는 마음은 섬기고 싶은 것이다
자신을 먼저 낮게 하여
세상을 섬기고 싶은 것이다
촛불 켜는 마음은 따뜻함을 주고 싶은 것이다
자신을 먼저 따뜻하게 한 다음
다른 사람의 가슴을 따뜻하게 해주고 싶은 것이다

진실

진실이 항상 옳은 것도 아니고
사람들이 진실을 다 좋아하는 것도 아니다
관계는 상대의 사소한 잘못을 덮어줄 때 깊어진다
그래서 여자는 화장을 하고
남자는 허세를 부리며
우리는 눈 덮인 하얀 세상을 좋아한다
지혜로운 사람은 진실을 함부로 말하지 않고
진실을 말할 때는 세심한 주의를 기울인다

당신의 이야기를 들려주세요

당신은 나와 함께 있을 때
당신의 이야기를 하지 않았어요
잘난 친구나 자식 이야기는 이제 그만하고
당신의 이야기를 들려주세요

나는 지금 당신과 함께 있는데
당신은 그 자리에 없는 친구나 자식과 함께 있군요
당신의 이야기에는 당신이 없고
당신 앞에는 내가 없네요

숫자 놀음

점수와 석차
월급과 연봉
아파트 평수와 자동차 배기량
체중과 나이
우리는 언제까지 이런 숫자에 묶여 살아야 하나요

대신
좋아하는 일
좋아하는 꽃
좋아하는 책
좋아하는 음식
좋아하는 음악과 운동
우리는 언제 이런 이야기를 하면서 살 수 있나요

가족

영국으로 시집간 큰딸이 집에 왔다
시장에서 도다리와 청어회를 사왔다
테이블에 접시들이 예쁘게 놓여있었다
내가 먼저 건배로 불을 질렀다
그 다음에 이태리에서 온 끼가 많은 둘째딸이
음악에 맞춰 춤을 추었다

술잔이 부딪치면서 분위기가 익어갔다
아들은 성대묘사로 좌중을 흔들어 놓고
나는 트로트와 함께 몸을 흔들었다
수북하던 접시가 바닥을 보이자
분위기를 아는 아내는 2차 분위기로 바꾸었다

밖에는 매서운 바람이 부는데
안에는 웃음소리가 흘러넘친다
벽시계는 바쁘게 돌아가고
마당을 환하게 비추던 달이 대숲으로 떨어지고 있다

사랑의 순서

사랑할 사람을 선택하기 전에
사랑할 수 있는 능력을 키우는 것이다
수영을 못하는 사람에게 좋은 수영장이 필요 없다

상대를 사랑하기 전에
먼저 자신을 사랑하는 것이다
자신에게 사랑이 넘쳐야 남에게도 줄 수 있다

받으려고 하기 전에
먼저 주는 것이다
사랑은 받는 것이 아니라 먼저 주는 것이다

우정에 대한 의문

이성에도 우정이 존재하는가
돈거래가 우정에 치명적인가
진정한 친구가 현실적으로 존재할 수 있는가
나보다 못한 사람과 친구가 될 수 있는가

마지막으로
내가 친구로 생각하는 사람과
나를 친구로 생각하는 사람이 일치할 수 있는가
그런 일이 있다면 기적이겠지

쉬운 건 사랑이 아니다

사랑하면 보인다
사랑하면 이해된다
사랑하면 참을 수 있다
사랑하려면
오래 보고
오래 듣고
오래 견뎌야 한다
쉬운 건 사랑이 아니다

만들어가는 사랑

부부가 살다보면
두 사람이 만나서는 안 될 사이였다는
생각이 들 때가 있다
부부싸움을 크게 한 날이 그렇다
좀 더 살다보면
두 사람이 만나지 않고서는 안 될 사이였다는
생각이 들 때가 있다
자식을 보고 있을 때가 그렇다
극과 극은 서로 통한다
그 통로에 사랑이 있다
부부의 사랑은 만들어가는 사랑이다

웃을 수 있어서 행복하다

돈 많은 사람이 베푸는 것보다
돈 없는 사람이 베푸는 것이 더 가치가 있고
웃을 일이 있어서 웃는 것보다
작은 일에 웃을 수 있는 것이 더 의미가 있다
행복해서 웃는 것이 아니라
웃을 수 있어서 행복하다